AF198637

Charlotte Gräfin von der Schulenburg

Bitte beide Flügel öffnen

47 Geschichten, die so nie passiert wären,
wenn ich nur zu Hause geblieben wäre

Kurzgeschichten

mit Zeichnungen von

Bernhard Graf von der Schulenburg

Impressum

Bibliografische Information der Deutschen Nationalbibliothek:
Die Deutsche Nationalbibliothek verzeichnet diese Publikation in der Deutschen Nationalbibliografie; detaillierte bibliografische Daten sind im Internet über http://dnb.dnb.de abrufbar.

Mit Illustrationen von
Bernhard Graf von der Schulenburg
www.herrenb.art

Herstellung und Verlag: BoD – Books on Demand, Norderstedt

ISBN: 978-3-7494-6660-3

Für meine Eltern

1. Promis - 12. April 2013

Mich hat gerade eine Frau auf der Straße so umgerempelt, dass wir beide gefallen sind. Beim Aufstehen steht sie auf meinem Schnürsenkel.

Sie: „Glotzen Sie nicht so, wir kennen uns nicht. Ich arbeite beim Fernsehen; jeder denkt, mich zu kennen. Gehen Sie einfach weiter!"

Ich zucke mit den Schultern und sage: „Aha... Sie stehen auf meinem Schnürsenkel!"

Sie: „Jetzt gehen Sie schon, ich bin nicht in der Laune für Autogramme."

Ich habe das Gefühl, sie hat irgendwie nicht zugehört, und versuche es noch mal, weil ich keine Chance habe zu gehen: „Sie stehen auf meinem Schnürsenkel!"

Sie guckt mich mit offenem Mund an und ich sage ihr, dass ich gar kein Autogramm will und auch gar nicht weiß, wer sie ist.

Sie: „Das ist ja wohl das Allerletzte!" Dann dreht sie sich um und geht. Und ich bleibe mit einem loriösem Gefühl zurück.

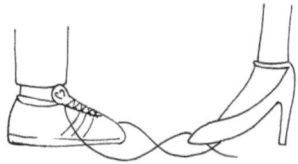

2. Müde - 26. Januar 2016

Wenn man morgens so in Gedanken ist, dass man nach dem Zähneputzen zwar noch daran denkt zu gurgeln, dann aber die Kappe mit Listerine ansetzt und auf ex trinkt, ist man spätestens nicht mehr in Gedanken, wenn das Zeug in der Speiseröhre ankommt.

3. Dönerbude - 24. Februar 2016

Ich habe gerade gelernt, dass ich Klischees im Allgemeinen anscheinend sehr gut erfülle.

Ich esse konzentriert einen Döner in einer Dönerbude. Neben mir eine Gruppe Türken und Türkinnen, die offensichtlich über mich reden.

Eine Frau aus der Gruppe bestellt einen türkischen Tee mit Süßstoff. Der Tee und die Natreen-Packung kommen. Aber irgendwas klemmt. Alle in der Gruppe drücken nacheinander auf der Taste rum und schütteln die Dose. Nichts geht. Ich frage, ob ich helfen darf, nehme den Deckel ab, schütte ein paar Pillchen auf eine Serviette und gebe sie ihr.

Schallendes Lachen am Tisch. Dann fragt einer, ob ich deutsch bin und einen technischen Beruf habe. Ich nicke und am Tisch gibt es kein Halten mehr vor Lachen.

Dann werde ich aufgeklärt: Deutsche essen Döner ohne zu kleckern, sind praktisch veranlagt, haben technische Berufe und fassen nichts an, was ein anderer noch essen soll.

Volltreffer!

4. Möbelwerbung - 30. März 2016

Huhuuu, beschränkter Hausgeist Mia von Mömaxx, danke, dass du in letzter Zeit morgens immer in der Radio-Werbung bist! Das ist der Moment, in dem ich es schaffe, innerhalb von Bruchteilen einer Sekunde meine Position im Bett von waagerecht auf senkrecht zu wechseln, um das Radio schnellstmöglich auszuschalten. Und danach ist der Kreislauf spontan hochgefahren, und ich kann den Tag starten. Danke! Danke! Danke!!

Als Gegenleistung habe ich mir überlegt, dass ich Dir mal den Typen von Seitenbacher vorstelle. Dann könnt ihr auf einem deiner Sofas Müsli futtern und mit Bio-Basis-Öl anstoßen. Hauptsache, ihr seid beschäftigt und ich habe morgens wieder meine Ruhe!

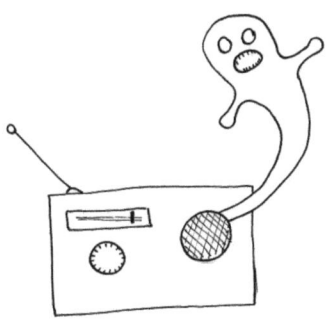

5. Verwirrung - 21. Oktober 2016

Auf der Treppe hinunter zur U-Bahn kollidiere ich in einer Kurve, in der ich wohl zu stark beschleunigt habe, mit einer Stewardess und entschuldige mich.

Sie: „Warum sprechen Sie deutsch?"

Sie fragt das so irritiert, dass ich über meine erstaunlichen Sprachfähigkeiten einen Augenblick auch ganz überrascht bin.

Dann finde ich eine gute Erklärung und antworte: „Wir sind im Bahnhof Höhenstraße!" Während ich noch überlege, ob das ein guter Grund ist, deutsch zu sprechen, sagt sie: „Oh, falsches zu Hause!", dreht um und rennt die andere Treppe hoch.

Ob das wohl die moderne Version von „in jedem Hafen eine Braut" ist?

6. Brauwelt - 5. November 2016

Ich bewege mich nun seit fast 20 Jahren in der Brau-Branche in den unterschiedlichsten Funktionen und mit den unterschiedlichsten Einblicken und Blickwinkeln in und auf diese Branche. Und es gibt da nur noch wenig, was mich in totale Verwunderung versetzt, obwohl es viel Verwunderliches gibt. Ich kenne Kreuzstromwärmetauscher und Brüdenkondensatoren. Ich weiß, dass man Würze strippen kann, dass die meisten Brauereien einen Whirlpool haben und dass das Equipment in Brauereien lustige Namen wie Pegasus und ShakesBeer haben kann. Ich weiß, dass die Schaumstabilität nach NIBEM-Standard gemessen wird und dass es ein Kongressmaischverfahren gab. Ich kenne den Aufbau von Flaschenwaschmaschinen und die kontroverse Diskussion über Hochdruckeinspritzung vorm Verschließer.

Aber manchmal lese ich Dinge in meiner geliebten Fachzeitschrift „Brauwelt", da komme ich aus dem Staunen nicht raus.

Die DLG verleiht einen Sensorik Award. So weit so gut.

„Thematisch steht in diesem Jahr der Ebergeruch im Fokus."

WHAT???? EBERGERUCH???

Ich hoffe, es geht dabei nicht um einen sensorischen Eindruck im Bier, sondern um den sensorischen Eindruck des vollbärtigen Craft-Brewers, der wegen des Erfolges seines IPAs sein Marketingstudium kurz aussetzen muss und vor lauter Einmaischen nicht dazu kommt, das Karohemd zu wechseln.... aber muss man das gleich prämieren??

7. Filmkarriere - 2. November 2017

Anfang letzten Jahres bin ich in ziemlicher Eile mit dem Rad durch die Fußgängerzone gebraust, bis mir ein Mann vor die Reifen gesprungen ist, der Spenden für die UNO-Flüchtlingshilfe gesammelt hat.

Ich bin schlecht darin, bei so was nein zu sagen oder einfach weiterzufahren, aber ich war wirklich in Zeitnot. Das habe ich ihm gesagt. Daraufhin er: „Vorschlag: Wir spielen Schnick-Schnack-Schnuck und wenn du verlierst, unterschreibst du!" Ich fand es witzig und habe zugestimmt! Seine Kollegin hat das mitbekommen und gefragt, ob sie das filmen dürfe. War mir alles egal, Hauptsache, ich gewinne schnell. Aber ich habe verloren.

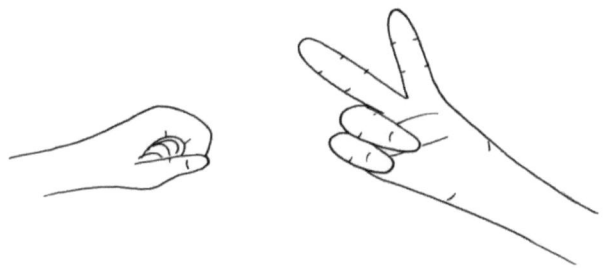

Heute gehe ich wieder über die Fußgängerzone und laufe einer Frau in die Arme, die für die UNO-Flüchtlingshilfe Spender sucht. Sie spricht mich an und ich sage: „Ich bin schon dabei!" Und füge hinzu: „Seit ich gegen einen Kollegen von Ihnen im Schnick-Schnack-Schnuck verloren habe!"

Sie ruft ganz aufgeregt: „Sind Sie die Frau mit dem blauen Rennrad?" Ich bin total irritiert: „Waren Sie dabei?" Sie antwortet lachend: „Nee, aber das Video kennt bei uns jeder!"

8. Alaaaaaf - 11. Februar 2018

Irgendwie bleibt doch immer ein bisschen Rheinland in mir.

Durch recht viel Arbeit ist Karneval dieses Jahr leider wieder völlig an mir vorbeigegangen. Und wenn ich so gar nichts mitkriege, fehlt es mir nicht. Rede ich mir zumindest immer ein!

Eben fahre ich U-Bahn. Am Bahnhof gespenstische Leere, die Bahn fährt ein, Türen gehen auf und ich bin mittendrin im Karneval. Als einzige, die nüchtern und  nicht verkleidet ist, stehe ich in einer Bahn voller Gruppen, die miteinander singen und tanzen und Party machen, so dass der Zugführer mehrfach durchsagen muss, dass im Zug bitte nicht gehüpft werden soll, gefolgt von einem „HELAU". Der ganze Zug ruft „HELAU" zurück, reißt sich kurz zusammen und hüpft wieder. Ich werde für mein tolles Kostüm beglückwünscht, lerne neue Karnevalslieder kennen und kriege mehrfach Schnaps angeboten, den ich leider ablehnen muss. Ich bin 10 Minuten im puren Glück. Dann muss ich aussteigen.

Draußen am Bahnsteig wieder gespenstische Leere, aber mein Glücksgefühl hält noch an.

9. Bitte beide Flügel öffnen - 8. März 2016

Das Schild an einer Berliner Haustür „BSR bitte beide Flügel öffnen" hat vor einigen Wochen schon dafür gesorgt, dass ich geträumt habe, dass ein Engel mit BSR-Heiligenschein vor dieser Tür stand und einen Flügel abgeklappt hatte. Als er das Schild gelesen hat, hat er sofort beide Flügel aufgeklappt.

Einige Nächte später wurde das Ganze in meinem Traum noch wilder.

Drei Herren der Berliner Straßenreinigung sind an einem Konzertflügel sitzend angefahren gekommen. Einer hat die Pedale bedient. Gas, Bremse, Kupplung, völlig logisch im Traum! Die anderen zwei saßen links und rechts und haben durch Drücken der Tasten gelenkt. Als sie vor der Haustür ankamen, haben sie den Flügel abgestellt und aufgeklappt, dann haben sie das Schild gesehen und ihre Kollegen angerufen und erklärt, dass man an der Tür zwei Flügel aufklappen muss. Die Kollegen kamen sofort mit einem zweiten Flügel angerauscht. Diesen haben sie dann auch geöffnet und während sie die Mülltonnen geleert haben, haben sie die Moritat von Mackie Messer auf den beiden Flügeln geklimpert. Als alle Tonnen geleert waren, haben sie die Flügel wieder zusammengeklappt und sind davongeflogen.

Wach geworden bin ich von dem Geräusch der Müllabfuhr, die recht unsanft das Metalltor zu unseren Mülltonnen aufgeschoben hat. Schade, dass die Herren des Frankfurter FES anscheinend nicht so musikalisch sind wie die Berliner Kollegen.

10. Vergesslichkeit - 29. November 2018

Vielleicht bin ich langsam doch zu alt für meine vier Stockwerke. Heute Morgen auf dem Weg nach unten muss ich irgendwann zwischen Etage 3 bis 1 ins Träumen geraten sein. Auf der Straße weitergeträumt. Die Berger Straße hochgeträumt. An der Straßenbahnhaltestelle noch 5 Min geträumt, bis die Bahn kam und dann eingestiegen.

Als ich saß, habe ich gemerkt, dass irgendwas komisch ist. Die Menschen um mich rum haben irritiert geguckt. Auf mich... und auf den Beutel Hausmüll in meiner Hand, den ich eigentlich in die Mülltonne schmeißen wollte.

11. Kurtaxe - 2. September 2018

Die Mitarbeiter der Touristeninformation Usedom sind, was Namen anbelangt, anscheinend einiges gewohnt. Und ich scheine zu nuscheln.

Ich will meine Kurtaxe bezahlen. Die Mitarbeiterin fragt nach meinem Namen.

Ich: „Charlotte Schulenburg"

Sie zögerte ganz kurz, fängt an zu tippen und fragt: „Mit zwei „t"?"

Ich nicke.

Sie nickt. Und druckt mir meinen Touristenausweis aus.

„SPROTTE SCHULENBURG"

Na wenigstens mit zwei „t"!

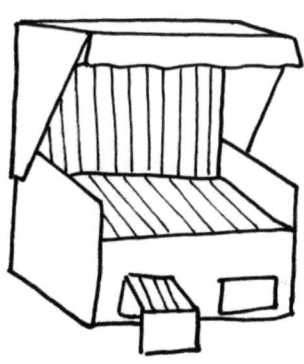

12. Straßenbahn – 12. Dezember 2018

Ein Mann telefoniert: „... na ja, ich bin ja echt kein Glückspilz. Weißte doch, bei mir geht alles schief. Ist selten, dass bei mir mal einfach was glatt durchläuft. Als hätte ich mein ganzes Glück in einem vorherigen Leben aufgebraucht...“

In dem Augenblick bremst die Bahn abrupt, ein Fahrrad kippt um, ein Mann will es halten und schubst dabei eine Frau, die es gerade schafft, ihr Gleichgewicht zu halten, um dem Telefonierenden nicht ihren Kaffee in den Schoss zu gießen. Alle halten die Luft an. Und atmen dann vorsichtig weiter. In dem Augenblick fährt die Bahn wieder an, das Rad kippt doch, erwischt die Frau direkt und der Kaffee landet im geöffneten Rucksack des Telefonierenden. Er spricht ganz ungerührt weiter ins Handy: „Oh, gerade läuft doch was glatt durch. Kaffee durch meine neuen Bewerbungsunterlagen...!“

13. Who let the dogs out - 15. Mai 2019

Manchmal frage ich mich, ob Joggen vielleicht doch einfach nicht mein Sport ist. Und wieviel mein Handy so von meinem Leben mitbekommt.
Vorhin war ich, artig meinem Trainingsplan folgend, joggen. Unterstützt von Spotify und „Dein Mix der Woche" bin ich motiviert losgelaufen.

Diese Woche hat Spotify für mich mal wieder besonders viel Unfug zusammengestellt, aber ich habe es über mich ergehen lassen.

Auf dem Rückweg kam dann „Who let the dogs out". Ich mochte den Song noch nie, aber bevor ich weiterdrücken konnte, habe ich im Augenwinkel einen Schatten gesehen, der eine beunruhigende Dynamik hatte. Ein schneller 2. Blick bestätigte die erste Befürchtung und ich sah einen recht großen, nicht sehr sympathischen Hund mit Kurs auf den einzigen Menschen weit und breit und das war unglücklicherweise ich.

Ein schneller Abgleich meiner Optionen hat mich zu der Erkenntnis gebracht, dass die Universallösung meines Vaters auf alle Probleme, „wenn irgendwas ist: einfach stehen bleiben!", nicht zielführend ist und ich habe beschleunigt. Im Kopfhörer „Woof, woof, woof,

woof, woof" und der Hund leider noch immer hinter mir mit einem sich deutlich verringernden Abstand.

Sekunden bevor ich drohte, in völlige Panik auszubrechen, kam ein leerer Spielplatz mit Klettergerüst. Meine Rettung, dachte ich, habe noch mal beschleunigt und darauf zugesteuert. Kurz vor der Zielgeraden stand dann plötzlich doch ein Kind auf dem Spielplatz und da ich keine Zeit für die Überlegung hatte, ob der Hund es nun auf mich persönlich abgesehen hatte oder auch mit einem kleineren Menschen zufrieden wäre, habe ich das Kind geschnappt und bin mit dem Kind einarmig außen am Turm des Klettergerüstes hochgeklettert. Im wahrsten Sinne des Wortes in affenartiger Geschwindigkeit. Allerdings bestimmt mit Abzügen in der B-Note. Oben angekommen wechselt die Musik. Helene Fischer. Herzbeben. Sag mal, Spotify, willst du mich auf den Arm nehmen???
Helene war so laut, dass ich nicht hören konnte, was der Hundebesitzer, der inzwischen auch aufgetaucht war, mir sagen wollte. Meine Reaktion wäre im Zweifel eh nicht sehr elegant gewesen und ich war auch so außer Atem, dass ich nicht hätte sprechen können.

Ich musste erst einmal verdauen, dass ich mit einem fremden Kind auf dem Arm auf dem Turm eines Klettergerüsts sitze und Helene Fischer höre.

Als ich mich wieder etwas gesammelt habe, konnte ich die Stöpsel aus dem Ohr nehmen und habe über die Rutsche mit dem Kind den Weg nach unten angetreten.

Der Vater des Kindes, der uns unten erwartet hatte, dachte in seiner ersten Schrecksekunde, dass ich das Kind entführen wollte, hat aber zum Glück die Situation schnell überblickt und war erstaunlich gelassen. Als ich das Kind auf dem Boden abgestellt habe, hat es die Arme hochgerissen, mich angestrahlt und gesagt: „Noch mal!!"

14. Supermarkt - 13. Juni 2017

Weil mich ein Kollege gestern so nett unterstützt hat, wollte ich mich bedanken und habe ihm heute Morgen vor der Arbeit 6 Flaschen meines Lieblingsbieres gekauft.

Um 7:30 Uhr mit Bier an der Kasse zu stehen, war mir spontan doch etwas unangenehm. Ich sage zum Kassierer: „Oh je, das wirkt wahrscheinlich etwas komisch, wenn man so früh schon Bier kauft?!"

Er antwortet recht trocken: „Nur, wenn man versucht, mit einem lockeren Kommentar abzulenken!"

Na vielen Dank auch!

15. Nichtstun - 19. Juli 2019

Ich sitze im Café, trinke eine hausgemachte Limonade und tue nichts. Ich sitze einfach nur da und denke darüber nach, ob das Preis-Leistungs-Verhältnis von Flammkuchen oder von hausgemachten Limonaden schlechter ist. Aber ansonsten sitze ich nur. Die Bedienung kommt und holt mich aus meinen Gedanken.

„Wartest du auf jemanden?"

„Nein."

„Willst du was zu essen bestellen?"

„Nein, danke."

Sie geht weg und ich denke wieder an Flammkuchen vs. Limonade. Beides lebt ja irgendwie von der Aufmachung. Wobei ich die Aufmachung von Flammkuchen auf diesen immer muffig riechenden Holzbrettern nicht schön finde. Und ich finde es auch erstaunlich, dass man in Großküchen nicht mit Holzlöffeln Suppen umrühren darf, aber Flammkuchen darf auf die verquartzten Bretter.

Die Bedienung kommt wieder.

„Willst du noch was trinken?"

Mein Glas ist noch fast voll...

„Nein, danke, ich habe noch."

Ich gucke mich um, ob das Café voll ist und ich einen Platz blockiere, aber es ist recht leer und ich trinke ja immerhin diese überteuerte Limo. Ich denke weiter nach. Bei der Limo gibt es ja immerhin meistens noch einen Haufen Grünzeug dazu. Fast schon ein Beilagen-salat. Also kommt Flammkuchen wahrscheinlich schlechter weg.

Die Bedienung kommt wieder.

„Willst du was lesen?"

„Nein, danke!"

„Wir haben auch Frauenmagazine."

„Ich weiß."

Ich weiß allerdings nicht, was sie mir damit sagen will.

„Ich kann Dir eins bringen!"

„Das ist nett, aber ich brauche wirklich keine Zeitung."

Ich fühle mich wie in dem Sketch von Loriot, in dem die Frau in der Küche werkelt und der Mann im Wohn-zimmer auf dem Sofa sitzt und nichts tut und sie ihn immer antreiben will, etwas zu machen.

Die Bedienung kommt wieder und legt mir wortlos eine FAZ auf den Tisch.

Langsam kann ich mich auch gar nicht mehr auf mei-nen Gedanken konzentrieren. Was jetzt nicht tragisch ist, aber ich wollte doch einfach nur mal 30 Minuten abschalten. Irgendwas an mir macht die Bedienung nervös, und das macht mich jetzt nervös.

Vor meinem geistigen Auge kontrolliere ich mich selbst.

Schuhe? Alles ok, habe anständige Straßenschuhe an und bin nicht aus Versehen in meinen Crocs losgelaufen.

Hose? Sauber, ordentlich, passt und ist zu.

T-Shirt? Auch sauber und erstaunlicherweise auch mal nicht versehentlich auf links gedreht.

Gesicht gewaschen, Haare ok...

Als sie wieder bedrohlich nah an meinen Tisch kommt, klappe ich die Zeitung hektisch auf. Ich will aber eigentlich wirklich nur sitzen. Todesmutig lege ich sie also wieder weg und gucke wieder aus dem Fenster.

Die Bedienung kommt wieder.
Sagt nichts und guckt mich an.
Unangenehm.

Aber ich beschließe, dass sie das hier nicht gewinnt, gucke zurück und sage auch nichts.
Megaunangenehm.

Abschalten ist also definitiv durch.

Dann sagt sie doch was. Zum Glück.

„Ist alles ok?"

„Ja, schon eigentlich... warum?"

„Du wirkst so traurig!"
Das überrascht mich.

„Aber" fährt sie fort, „ich kann das verstehen"
Das überrascht mich doppelt!

Sie lächelt milde und sagt: „Mein Handy war auch mal
kaputt, da weiß man plötzlich gar nicht, was man mit
sich anstellen soll...!"

16. Radiowerbung - 7. Februar 2015

Manchmal, wenn ich Radiowerbung höre, habe ich sofort ein Bild im Kopf, wie sie passieren konnte. So wie mit der aktuellen Radiowerbung von Toyota, in der jemand völlig sinnfrei rumjodelt.

Die entstand nämlich so:

Der Marketingleiter im Toyota Headquarter hatte sein jährliches Personalgespräch mit seinem Vorgesetzten.

In den Zielvereinbarungen wurde festgelegt, dass er - ganz profan - Geld sparen muss. Um das durchzusetzen, hat er beschlossen, Marketing für einige Märkte nicht mehr dezentral zu organisieren, sondern zentral aus Aichi zu steuern.

Als erstes war der deutsche Markt dran.

Es wurde ein Meeting einberufen. Nachdem 16 Stunden in Rollkragenpullovern und Sneaker gebrainstormt wurde und das Ergebnis unter Berücksichtigung aller Kaizen-Vorgaben ausgewertet wurde, stand fest, keiner der Beteiligten war jemals in Deutschland.

Als Konsequenz wurde eine neue Stelle ausgeschrieben für „einen kreativen kopf mit deutschlanderfahrung und autoaffinität".

(War alles klein geschrieben in der Ausschreibung und in dieser Old-School-Schreibmaschinen-Schrift, bei der ab und zu ein Buchstabe etwas verrutscht.)

In einem harten Auswahlverfahren mit Assessment Center wurde gesichtet und gesiebt. Die Essenz war eine junge Dame ohne Führerschein, die sich dadurch positionieren konnte, dass sie die Linie vertrat, dass man Autofahren völlig neu denken und aus Randgruppen Zielgruppen generieren müsse. Außerdem hat sie eine Freundin, deren Eltern in den 80igern eine Europa-in-24-Stunden-Tour gemacht haben und sie sich damals die Dias angucken durfte. Also eher angucken musste. 6 Stunden mit Vortrag der besagten Eltern. Aber nun merkt sie, wie sich der Kreis schließt und alles Sinn ergibt.

Es wurde ein neues Büro mit Glasfront, Flachbildschirmen und allem möglichen und unmöglichen Apple-Schnick-Schnack eingerichtet. Und die Kreative legte los.

Die Dias wurden herbeigeschafft und durch das Sichten sollte ein Gefühl für Deutschland, die Deutschen und Kommunikationswege in Deutschland entwickelt werden.

Die Verbindung „analog-out" des Dia-Lesegerätes irgendwie mit einem USB-Anschluss zu versehen, klappte noch. Aber es konnte kein Treiber gefunden werden, der iOS erklären konnte, was das Betriebssystem mit den Dias machen soll.

Panik, Chaos, doch die Kreative bleibt ruhig.

Plan B. Sie googelt: Deutschland + Kommunikation (natürlich auf Japanisch) und findet ein interessantes Bild. Verlinkt auf eine deutsche Wikipedia-Seite (natürlich auf Deutsch).

Auf der Seite geht es um die Entwicklung verschiedener Arten der Kommunikation damals im nichtdigitalen Zeitalter. (Der 2. Teil erschließt sich durch die Sprachbarriere natürlich nicht.) Rauchzeichen werden als Kommunikationsmittel in den Bildern dargestellt. Im Radio, auch für die Kreative, schlecht darstellbar. Aber dann, ein Video. Der Durchbruch! Ein Mann jodelt, ein zweiter auf einer anderen Bergspitze antwortet... So ist das also in Deutschland!! Und die Idee für die Werbe kampagne war geboren!

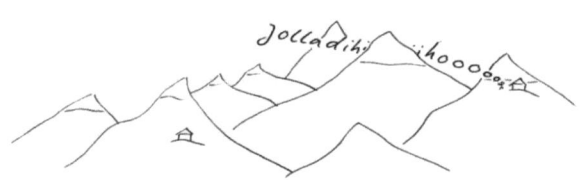

17. Craft Bier - 23. August 2017

Vor einer Weile war ich in einem netten neuen Café mit „Tap-Room". Da es dort eine erstaunlich gute Bierauswahl gab und sie nicht nur wildes „möglichst-viele-Zutaten-und-irgendein-Geschmack-wird-für-jeden-dabeisein"-Zeug hatten, habe ich beschlossen, nun regelmäßig hinzugehen. Gestern war ich wieder da. Es war sehr voll und ich saß an der Theke. Die Tür ging auf und ein total gestresster Mann kam rein. Es schien, als sei er noch nie dort gewesen.

Ich hatte sofort ein Bild im Kopf, was sich in den nächsten Sekunden zutragen würde.

Er wird auf die Theke zusteuern, seinen Trenchcoat auf einen Barhocker legen, sich mit der Hand gestresst durch die Haare fahren und in einer kurzen Anweisung ein Bier bestellen und dann wird es lustig!

Ich habe mich über meinen Logenplatz gefreut, habe mir ein paar Nüsschen geschnappt und mich zurückgelehnt.

Und er steuerte auf die Theke zu, legte seinen Trenchcoat auf einen Barhocker, fuhr sich mit der rechten Hand mehrfach durch die Haare, um sie nach hinten zu streichen, hob den Finger, um die Aufmerksamkeit der Bedienung zu bekommen und bestellte ein Bier. Die freundliche Bedienung drückte ihm stolz eine Karte in die Hand.

Er: „Nein, nein, ich will nur ein Bier!"

Sie: „Das ist unsere Bierkarte!"

Er: „IHRE WAAAAS????"

Mein Film lief, und ich freute mich sehr darüber, wie berechenbar manche Situationen sind. Er warf verwirrt einen flüchtigen Blick auf die Karte, blieb offensichtlich an einer ungünstigen Stelle hängen und sagte in vorwurfsvollem Ton: „Kann man denn nirgends mehr einfach ein Bier trinken? Kardamom und Lakritze... schreiben Sie dann auch noch meinen Namen auf den Becher?"

Der Film war besser, als ich gehofft hatte, und ich musste lachen. Er legte die Karte hin und überlegte offensichtlich, seinen Mantel zu schnappen und zu gehen. Ich hatte aber das Gefühl, dass das Lokal und er doch eigentlich gut zusammenpassen und dass es für beide schade wäre, wenn er ginge. Ich bat ihn, sich zu setzen, und sagte ihm, dass er sein Bier bekommt. Er wirkte etwas überrascht, aber auch froh, dass ihm jemand die Entscheidung zu gehen oder zu bleiben, abnahm.

Ich bestellte ein Bier für ihn bei der Bedienung, die vollkommen überfordert damit war, dass jemand von einer Bierkarte mit 20 Bieren überfordert ist.

Er bekam sein Bier, guckte mürrisch auf sein Glas, trank... und lächelte. „Geht doch!"

18. Gleiches Auto - 8. November 2013

Ich habe vor der Arbeit kurz beim Bäcker gehalten.

Zurück an meinem Auto drücke ich den Schlüssel, um zu öffnen. Erst passiert nichts, dann öffnet es zeitverzögert.

Da ich in Eile bin, denke ich nicht drüber nach, öffne die Tür, setze mich hinein und in dem Augenblick, in dem ich sitze, denke ich plötzlich 1000 Sachen gleichzeitig: Wo ist mein Navi? Warum ist es hier so dreckig? Warum ist der Sitz so weit weg vom Lenkrad??

Ich bin total verwirrt und gucke zufälligerweise in den Rückspiegel und sehe ein genauso verdutztes Gesicht... in meinem Auto hinter mir.

Wir sind beide ausgestiegen, haben uns ausgeschüttelt vor Lachen und sind ins jeweils richtige Auto eingestiegen.

19. Ausparken - 23. Juli 2015

Ich habe eine Garage, was eigentlich ein großer Luxus ist. Aber sie führt auch immer wieder dazu, dass ich mit extrem schlechter Laune in den Tag starte.
Wie heute.

Ich komme aus meiner Wohnung runter auf die Straße, dort steht das Auto eines Malerbetriebes blöd vor der Garage. Motor läuft, zwei Männer stehen vor dem Auto, gucken, als die ich Garage aufschließe, reagieren aber nicht.

Ich gehe also wieder raus aus der Garage, hin zu den Typen und frage freundlich, ob sie ein Stück vorfahren können. Und dann ging es los. Mitleidiges Lächeln, und - und das scheint ganz wichtig zu sein!! - breitbeinig hinstellen und Hände an die Gürtelschnalle. Ich habe mich gefragt, ob das irgendeine Wechselwirkung der Stahlkappen in den Sicherheitsschuhen der Herren mit dem Magnetismus des Erdkerns ist, die die Füße in diese Position schiebt?

„Kommen se da net raus?", fragt der eine. Mit viel Rangieren wäre ich da schon rausgekommen, keine Frage. Und um es klar zu stellen, ja, ich habe zwei unterschiedliche Chromosomen, aber ich KANN (wie eigentlich die meisten, die eine chromosomale Ausprägung haben wie ich) einparken und ausparken. Vorwärts, seitwärts links und seitwärts rechts, rückwärts. Im Dunkeln, im Hellen, bei Regen, Schnee und auch im Sommer. Mit meinem Auto und mit 7,5 t! Ich persönlich dachte auch eher, dass es selbstverständlich sein sollte, wenn man jemandem im Weg steht und es ganz einfach möglich ist, die Situation zu verbessern, dass man das auch tut!?

Das sahen die Herren anders. Irgendwie haben sie es geschafft, die magnetische Erdanziehung zu überwinden, haben sich vor meine Garage gestellt und mir erklärt, dass da ein Kleintransporter sogar rauskommen würde. Dann wieder das mitleidige Grinsen.

Gut, denke ich mir, dann rangiere ich halt, ich habe keine Lust auf weiteres blödes Gegrinse.

Als ich draußen bin, kommt mein Garagennachbar. Er wird wirklich nicht im Ansatz von dem Handwerkerauto behindert. Geht aber zu den Typen, blafft sie total an und sie eilen ins Auto und fahren weg.

Läuft bei mir!

20. Stau - 22. September 2015

An den Teil meiner autofahrenden Mitmenschen, der das Hirn in den Kofferraum packt, bevor er sich hinter das Steuer setzt:

Wenn man auf der Autobahn plötzlich nur noch langsam bis gar nicht vorwärts kommt, ist das meist ein Indiz dafür, dass es weiter vorne einen Unfall gab. Das ist ein sehr guter Zeitpunkt, im Hirn zu kramen (blöd, dass es jetzt im Koffer- 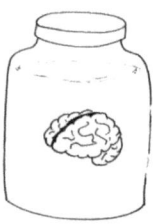 raum liegt) und über die Rettungsgasse nachzudenken.

Wenn dann von hinten diese hübsch blau oder gelb blinkenden Autos kommen, ist das nicht wie damals bei Michael Schanze der Augenblick, in dem man noch mal lustig zwischen 1,2 oder 3 rumhüpft, um dann zielsicher quer über zwei Fahrbahnen zu stehen und die Ret-tungsgasse zu blockieren. Und Gruß an den wahnsinnig eloquenten Fahrer, der die Gunst der Stunde genutzt hat und wie bekloppt dem ADAC auf der Rettungsgasse hinterhergebrettert ist, irgendwie doch stecken blieb und somit einen Rettungswagen blockiert hat.

War eine dufte Aktion. Aber ich weiß, im Porsche ist die Kofferraumsituation schlecht, da lässt man das Hirn am besten gleich zu Hause!

21. Straßenverkehr - 2. Oktober 2015

Heute Morgen auf dem Weg zur Arbeit kam ich an eine Kreuzung, an der die Ampel ausgefallen war. Das ist für Autofahrer schon irritierend, wenn man an einer Stelle, an der sonst alles geregelt ist, plötzlich mitdenken muss. Noch irritierender war es für eine Gruppe quadratischer Scouttränzen mit Kindern dran. Die wollten über die Straße, aber die Fußgängerampel ging auch nicht.

Sie schienen schon länger zu stehen und waren ratlos, da der Verkehr an der Stelle recht dicht ist. Ich habe meinem Nebenfahrer, der auch etwas ratlos an die Ampel geschlichen war, ein Zeichen gegeben. Er hat es gleich verstanden. Wir sind beide stehen geblieben.

Ich bin ausgestiegen und zu den Knirpsen gegangen. Einen habe ich an die Hand genommen und die im Kindergarten antrainierte Kettenreaktion klappte noch, so dass sie sich gleich alle an der Hand hatten. Wie eine Perlenkette mit einer doch recht großen Perle am Anfang sind wir über die Straße gegangen. Alle sind auf der anderen Seite losgeflitzt. Nur der, den ich an der Hand hatte, hat gesagt:

„Komm mal runter." Also bin ich in die Knie gegangen, weil ich dachte, er hat Fragen zum weiteren Weg. Daraufhin hat er mir ein Küsschen auf die Wange gegeben und hat gesagt: „Ich hoffe, zu Dir ist heute auch einer so lieb wie du eben."

Den restlichen Weg ins Büro habe ich vor Rührung im Auto geheult!

22. Mitmenschen - 3. März 2016

Warum denken manche Leute eigentlich, andere Leute erziehen zu müssen?

Mir passiert das irgendwie besonders oft. Dabei glaube ich, dass ich eine recht umfängliche Erziehung hinter mir habe.

Ich wollte eben in meine Garage fahren. Dazu halte ich vor der Garage, springe schnell aus dem Auto, mache das Tor auf, springe wieder ins Auto und fahre rein. Völlig normal, denke ich.

Das hat der Herr, der heute auf dem Fußgängerweg anspaziert kam, anscheinend anders gesehen und motzt mich total an, ich hätte gefälligst den Motor auszumachen, wenn ich das Auto so lange abstelle.

Ich habe ihn freundlich angelächelt und gesagt, dass das normalerweise nicht nötig ist, weil, wenn ich nicht so betrunken bin wie heute, ich das Tor schneller aufkriege. Sein Gesicht war bis jetzt mein Tageshighlight!

23. Nebelschlussleuchte - 2.Oktober 2016

Herbst ist tatsächlich die perfekte Zeit, um sich langsam auf Weihnachten und die ganzen besinnlichen Lichter einzustimmen. Das geht im Straßenverkehr natürlich am besten mit der Nebelschlussleuchte!

Wenn für Nordhessen Nebel gemeldet wird, werden aus lauter Nächstenliebe und Solidarität im Rhein-Main-Gebiet die Nebelschlussleuchten gezündet. Die Advanced Version mit angeschaltetem Nebenscheinwerfer zusätzlich zur Rückleuchte (man weiß ja nie, von wo der Nebel dann kommt...) findet auch immer mehr Liebhaber.

Liebe Hobbylichtorgeln, eine Bitte habe ich dann aber: Wenn schon die Nebelschlussleuchte bei bester Sicht angemacht wird, dann bitte ganz korrekt und nur 50 km/h fahren. Am besten auf der linken Spur. Nächstenliebe pur ist garantiert!!

24. Einparkhilfe - 17. Februar 2017

Als ich heute auf dem Weg nach Hause mit meinem Auto in die Einbahnstraße gebogen bin, in der ich wohne, ging es nicht mehr weiter. Vor mir ein Europcar-Lkw bei dem Versuch, seitwärts einzuparken. Ein Mann stand auf der Straße und hat eingewiesen und einer war im Wagen und hat ständig aufs Neue die Lücke nicht richtig getroffen. Da der Ton zwischen beiden schon leicht angespannt war, schien das auch schon länger so zu gehen.

Ich habe höflich Abstand gehalten und das Spektakel beobachtet. Hirn auf Wochenendmodus und es hat sich angefühlt, als würde jemand immer wieder die gleiche Sequenz eines Filmes abspielen. Hatte für mich etwas sehr Meditatives.

Leider sahen das die nachfolgenden Autos nicht so und die ersten begannen zu hupen!

Ich bin ausgestiegen und wollte sehen, ob ich den Einweiser unterstützen kann. Ich fragte, ob ich helfen könne. Statt einer Antwort guckte er mich total abschätzig an und sagte dann echt überheblich: „Klar, kannst den Lkw einparken!", schob mich zur Seite und begann wieder völlig schwachsinnig rumzufuchteln.

Ich war etwas irritiert. Und verärgert. Und ich kam nicht nach Hause. Ich tippte den Typen an und sagte: „Für 50 € parke ich den Wagen ein!" (Whaaaaat... ich weiß noch nicht mal, ob ich so ein Ding fahren darf... und nur weil ich mein Auto parken kann, kann ich doch nicht gleich so ein Teil parken.) Aber zu spät, es war raus. Der Typ guckte mich an und fragte, ob das eine Wette ist und ich erklärte ihm, dass es ein Festpreis ist und ich gar keinen Anlass hätte, mit ihm um irgendwas zu wetten. Er ging zum Fahrer, der stieg aus und ich ein. Alles irgendwie größer als mein Auto. Ok, durchatmen, das Gehupe ausblenden, Zündschlüssel drehen, Kupplung kommen lassen.... und mit Sprung nach vorne abgewürgt. Läuft.

„Was machst du?", schrie der Fahrer. „Ich hüpfe in die Lücke", flüsterte ich leicht panisch. Und startete wieder. Erstmal raus, richtig auf die Straße, dann Rückwärtsgang durch Rumrühren mit dem Schalthebel finden, ein Stück zurücksetzen, einschlagen und in einem Rutsch einparken! Irre, es hat echt geklappt.

Ich stieg also wieder aus, versuchte souverän und völlig entspannt zu wirken und bekam anstandslos die 50 €.

25. Die Bahn macht mobil - 8. Oktober 2014

Dass ich den tieferen Sinn dieses Slogans erst eine halbe Stunde nach dem offiziellen Streik-Ende der GDL begreife, nennt man wohl Ironie.

Die Erkenntnis kam, als ich mich heute Morgen zum zweiten Mal innerhalb weniger Minuten erst durch genervte Menschenmassen wühlen und dann einen Sprint wie der wilde Watz hinlegen musste, um den dringend benötigten, weil noch nicht regelmäßig fahrenden Anschlusszug zu erreichen.

Völlig außer Atem habe ich den letzten Anschluss mit viel Glück erreicht und fahre dann am Bahnhof an einem Werbe-Plakat vorbei.

„Die Bahn macht mobil"

- Allerdings!!

26. Der Weg ist das Ziel - 23. Mai 2015

Liebe Deutsche Bahn, ich will gar nicht meckern, ich bin ja total froh, dass der Zug fährt.

Dass er nach Aussage des Schaffners zu 150 % ausgebucht ist, geschenkt! Jedes Theater würde sich über eine solche Auslastung freuen und das hier ist großes Theater! Und wenn es so voll ist, hat es den Vorteil, dass man im Stehen nicht umkippen kann. Außerdem spart man viel Geld, denn selbst wenn ich wollte, könnte ich das Bistro nicht erreichen. So gesehen sind 100 € für diesen Stehplatz gut angelegt. Und es sind ja nur 3,5 Std. Und nur 20 Minuten Verspätung. Nach dem ersten Halt!

27. Bahnfahrt mit Hund - 30. Januar 2017

Als ich in den Zug eingestiegen bin, war der Platz neben mir frei und ich dachte, es wird einfach mal eine ruhige Zugfahrt, habe aber nicht daran gedacht, dass der Zug noch einmal hält.

Es steigt ein kleiner Mann mit großem Hund ein. Der Hund läuft den Gang lang, sieht mich, freut sich, setzt sich auf meine Füße, legt den Kopf auf meine Knie und sabbert mich voll.

„Schön, dass Sie Hunde mögen, dann können wir ja bleiben!", sagt der Hundebesitzer.

Das, was wohl wie Hundeliebe aussieht, ist eigentlich eher Panik, weil der Hund aussieht wie eine Mischung aus Schäferhund, Pitbull und Schrankkoffer.

Der Hund rückt von meinen Füßen in die Mitte zwischen den Sitzen, legt den Kopf auf die Armlehne und fixiert mich. Ich fühle mich unwohl und beobachtet und versuche, Bewegungen zu vermeiden. Leider bekomme ich aber nach einer Stunde Durst.

Als ich in meine Tasche greifen will, um an Wasser zu kommen, reißt der Hund den Kopf hoch und knurrt. Der Besitzer: „Der tut nichts." Ich nehme meinen Mut zusammen, greife noch mal unter mich. Der Hund schnappt zu und ich habe ein sehr unangenehmes Gefühl im Oberarm.

Der Besitzer wirkt beunruhigender Weise spontan völlig panisch und fragt: „Ist er durch?" Ich gucke auf den Hund an meinem Arm und sage: „Kommt drauf an, was Sie meinen, durch Pulli und Haut ja, durch den Knochen noch nicht, aber ich traue es ihm zu!"

„Toni, lass die Frau los", piepst er seinen Hund an. Toni ist leider bockig und verstärkt den Druck. Ich versuche nachzudenken, es geht aber nicht, weil ich wirklich Schmerzen habe und Sorgen, dass sich meine Situation noch verschlechtern könnte.

„Toni, bitte!"

Klappt super! Neben uns sitzt ein Mann, der das Spektakel verärgert beobachtet hat. Er sagt: „Warum trägt der keinen Maulkorb, stellen Sie sich vor, der beißt ein Kind!" Irgendwas an diesem Satz stört mich...

Der Hundebesitzer antwortet: „Er fährt nicht so gerne Zug und wenn er einen Maulkorb trägt, schnappt er immer nach mir, wenn ich ihn abnehme."

Das ist der Augenblick, in dem mich die Contenance verlässt. Ich gucke den Besitzer an und sage ihm, dass er sich ganz schnell etwas einfallen lassen soll, weil es weder Toni noch ihm bekommt, wenn ich jetzt ausflippe.

Ihm fällt zum Glück ein Kauknochen im Koffer ein. Er holt ihn eilig raus, hält ihn Toni hin und Toni findet den Knochen so gut, dass er von mir ablässt.

Ich flüchte mit einem großen Satz auf den Gang und beschimpfe den Besitzer mit Schimpfworten, von denen ich selbst nicht wusste, dass ich sie kenne.

Toni freut sich über den freien Sitz und springt glücklich mit Knochen auf meinen Platz.

Ich werde mein Reisegepäck um einen Flachmann erweitern. Oder nicht mehr reisen!

28. Platz in der Bahn - 14. September 2017

Nach einer charlottisischen „zur-falschen-Zeit-auf-der-falschen-Rolltreppe"-Aktion sitze ich mit blutverschmierter Jacke und Hose im Zug.

Er ist total voll, nur der Platz neben mir ist frei. Ich scheine kein schöner Anblick zu sein.

Eben schien es so, als wollte sich ein mutiger Mann setzen. Er steuerte auf mich zu und sagte lässig „Na, Notärztin im Einsatz?" Ich habe geantwortet: „Nein, Metzgerin im Feierabend!"

Er hat sich nicht gesetzt. Ich sollte meinen Humor überdenken.

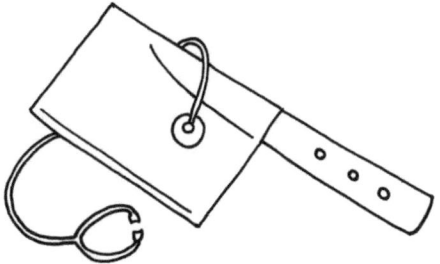

29. Bordbistro - 15. Oktober 2017

Da ich todesmutig in einem Zug, der aus Berlin kommt, sonntags keinen Sitzplatz reserviert habe, habe ich einen guten Grund, tagsüber ein Bier im Bordbistro zu trinken!

Bei der Gelegenheit habe ich gerade erklärt bekommen, wie man Weizenbier einschenkt.

Die Frau kann ja nicht wissen, dass ich Brauwesen studiert habe und ich höre mir so was gerne an, weil man immer interessante und neue Aspekte kennenlernt.

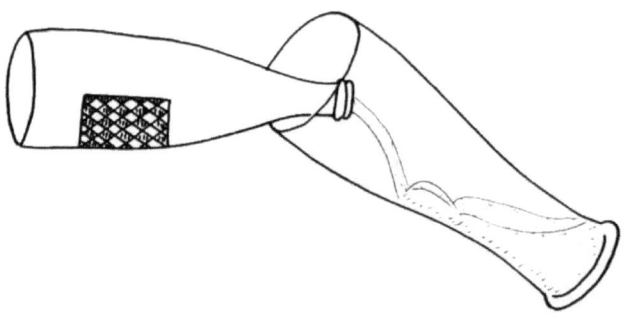

Bevor die Bedienung den letzten Schluck des Bieres in das Glas kippt, schwenkt sie die Flasche, um den Bodensatz aufzuschütteln. Ich kann eigentlich gut darauf verzichten. Sie tut es aber voller Inbrunst und gießt den Rest aus der Flasche auf die Schaumkrone und sagt:

„Jetzt ist da oben drauf Hefe, darum ist Weizenbier ein obergäriges Bier."

Als sie mit ihrer kurzweiligen, in sich schlüssigen, aber vollkommen unsinnigen Erklärung fertig war, hat sie mir das Bier rübergeschoben mit den Worten: „Habe ich gleich gesehen, dass du keine Ahnung von Bier hast, aber jetzt weißte Bescheid!"

30. Raucherpause - 23. April 2018

Zugfahrt montagmorgens.

Ich liege am Boden vor Lachen!
5 Minuten nach Abfahrt des Zuges in Frankfurt die erste Durchsage: „Das Personal des Bordbistros bitte ins Bordbistro kommen!"
Kurz darauf: „Ist nicht eingeteiltes Bordbistro-Personal im Zug? Bitte dringend beim Zugführer melden!"
Dann: „Sehr geehrte Fahrgäste, das Bordbistro bleibt leider bis auf Weiteres geschlossen. Keine Ahnung, wie ich das schönreden soll, aber wir haben die Servicekräfte in Frankfurt bei einer Raucherpause verloren. Wir versuchen, auf der Strecke bis Dresden neue aufzutreiben. Ich hoffe, ihr Montag beginnt besser als meiner!"

31. Willy - 3. Juni 2018

In der Bahn nach Osnabrück:

Der Schaffner sagt zu mir: „Ihre BahnCard hat keinen Vornamen!"

Ich: „Nennen Sie sie Willy, aber sie wird nicht gerne geduzt!"

Schaffner: „Witzig. Ohne Vornamen ist die nicht gültig!"

Ich versuche zu erklären, dass das Namensfeld einfach zu kurz ist und dass ich diese Karte seit ungefähr 15 Jahren habe. Ohne Vornamen.

Er nimmt sie mit, um sie zu überprüfen.

Nach einer gefühlten Ewigkeit bringt er sie mir zurück. „Ich habe mich ihr ordnungsgemäß vorgestellt und Brüderschaft getrunken. Und sie sagte, sie heißt nicht Willy, sondern Charlotte!

32. Verkaufsförderung - 19. Juni 2019

Auf meiner letzten regelmäßigen Fahrt nach Niedersachsen will die Bahn mir noch mal zeigen, dass ich sie völlig zu Unrecht immer verteidige.

Diese Bahnfahrt ist an Chaos nicht zu überbieten.

Nach dem dritten ungeplanten Umstieg und dem vierten völlig überfüllten Zug sitze!!! ich im Bordbistro und habe ein Bier. Es war das letzte und ich muss langsam trinken, denn alle, die nur sitzen, ohne was zu essen oder zu trinken, werden rigoros rausgeworfen.

Neben mir sitzt eine junge Frau im Kostüm, die inzwischen rumpelstumpelvoll ist, weil sie seit Würzburg zum Trinken gezwungen wird.

Vielleicht ist das auch alles gar kein Versagen der Bahn, sondern eine gezielte Kampagne zur Absatzförderung der Bitburger Brauerei?

33. Gewohnheit - 18. Februar 2015

Ich arbeite gerade in der Rhön und übernachte deshalb inzwischen seit vier Wochen in einem Hotel.

Wenn man morgens verschlafen im Hotel zum Frühstück geht und nicht darauf achtet, dass die Schüsselchen anders stehen als in den letzten Wochen und sich statt Joghurt Eiersalat aufs Müsli löffelt und das dann auch erst beim ersten Bissen merkt, weiß man, dass das nur ein guter Tag werden kann.

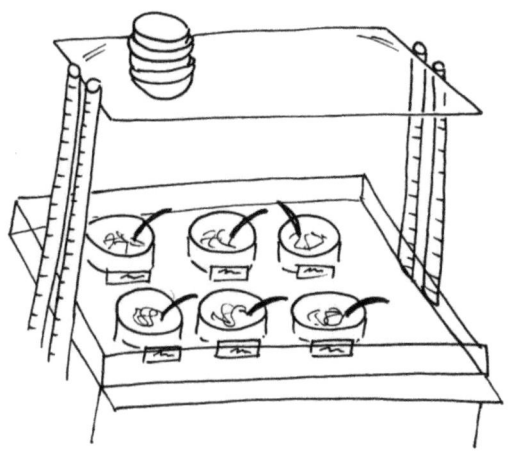

34. Babel - 16. September 2019

Check-in in einem Gasthaus mit griechischem Restaurant im tiefsten Bayern:

„Hallo, für mich wurde ein Zimmer reserviert. Entweder auf Schulenburg oder auf meinen Arbeitgeber."

Die Frau an der Theke guckt verschreckt auf. Zückt Zettel. Liest. Guckt mich fragend an.

Ich: „Schulenburg?"

Sie schüttelt mit dem Kopf.

Ich versuche es mit dem Namen der Firma, für die ich arbeite.

Sie schüttelt mit dem Kopf.

Sie: „Charlotte?"

Ich nicke.

Sie (mit nettem bayerischem Akzent, aber etwas verstörend): „It's room 10 and breakfast is from 7-10 o'clock."

Ich denke, ok, Griechen müssen ja nun weiß Gott kein Deutsch sprechen und sage: „Perfect, I will be there at 7!"

Sie lächelt, gibt mir den Schlüssel „It's on the left side, first floor."

Ich gehe hoch, nehme mein Zimmer in Betrieb und gehe wieder runter, um ein Bier zu trinken.

Gleiche Frau an der Theke rechnet Gäste ab.

„Zwoa Holbe un zwoa Brez'n, 6,20 €, bitte."

Ich setze mich und bin verwirrt. Sie kommt zu mir: „Do you need a menu?"

Ich: „Nö, danke, ich möchte bitte nur ein kleines Helles."

Sie: „Oh, Sie sprechen Deutsch?"

Ich: „Ja...?"

Sie: „Eben auch schon?"

Ich: „Mehr oder weniger seit ich sprechen kann."

Sie: „Ach Mist, dieses Hochdeutsch, das dauert immer bei mir. Das kann ich immer nicht zuordnen!"

35. Reisegepäck - 9. Oktober 2019

Es ist alles eine Frage des Blickwinkels!

Eine Frau, die mit zwei Kollegen auf einen Eintages-Trip startet und dafür mehr Gepäck dabei hat als die Herren zusammen, erntet meistens latenten Spott. So wie ich am Anfang des heutigen Tages.

Wenn die gleiche Frau mit den gleichen Männern in einer großen Brauerei in einer Besprechung sitzt und der technische Leiter am Ende von zwei sehr produktiven Stunden sagt: „Das nächste Mal müssen sie ihre Schutzausrüstung mitbringen, ich würde ihnen gerne die Brauerei zeigen!", kann sich der latente Spott drehen. Und zwar in dem Augenblick, in dem die Frau ihr vermeintliches Übergepäck zückt und ohne die Miene zu verziehen Sicherheitsschuhe, Warnweste, Anstoß-kappe, Gehörschutz, Schutzbrille und Säureschutzhose auspackt, die Kollegen anguckt, die unvorbereitet sind, den technischen Leiter anguckt, der baff ist, und sie dann eine exklusive Führung durch eine beeindruckende Brauerei bekommt.

36. Polen im Advent - 18. Dezember 2015

Dienstreise in Polen.

Heute habe ich meine GPS-Qualitäten wieder unter Beweis stellen können.

Da die Hotelsituation in Garwolin selbst eher dünn ist, übernachten wir im „Umland", was die Anreise zu unserem Arbeitsort nicht unbedingt immer einfach macht.

Mein polnischer Automatisierer und ich haben das Hotel gewechselt und weil wir abends total müde sind, wenn wir ins Hotel fahren und morgens auch noch nicht richtig fit sind, wenn wir zur Arbeit starten, gibt es noch immer Probleme, den Weg zu finden. Zumal es auch etwas weiter weg ist.
Heute Morgen dann an einer Kreuzung:
Automatisierer: „Left or right?"

Ich bin etwas verwundert, dass er MICH fragt, denn Orientierung gehört leider so gar nicht zu meinen Stärken und das hat er in den letzten Wochen, die wir in Polen gemeinsam verbracht haben, auch mehrfach gemerkt. Aber gut, die Not scheint groß zu sein und ich versuche zu helfen.

Ich sehe ein Schild, dass ich DEFINITIV wiedererkenne und sage: „Left."

Der Automatisierer biegt links ab. Wir fahren 5 Minuten und irgendwann bekomme ich das Gefühl, dass ich das, was ich gerade an Landschaft und Häusern sehe, noch nie gesehen habe. Er bekommt anscheinend zur gleichen Zeit das gleiche Gefühl.

„Are you still sure it was left?"
Ich: „Hm, there was a sign we always passed so I was sure..."
Er: „What was written on the sign?"
Ich: „Choinek"

Mein Automatisierer stoppt sofort lachend, wendet und sagt: „It's not a good time to navigate on Choinek-signs."
Ich frage ihn, was Choinek heißt, er kramt in seinen Deutschkenntnissen und sagt: „Verkauf von Weihnachtsbaum."

37. Nebenjob - 22. Dezember 2015

Boarding für den Flug von Warschau nach Hause.

Um mich herum ist Ü80-Damenparty angesagt. Nachdem ich höflich den alten Damen aus den Mänteln geholfen habe, Mäntel, Krücken und sonstiges in der Gepäckanlage verstaut habe und zwei der Damen angeschnallt habe, habe ich mich auch gesetzt und angeschnallt.

Es hat die Damen sehr verwirrt, dass die Stewardess ganz normal mit in der Reihe sitzt.

38. Beleuchtung im Hotel - 6. Februar 2016

Was ich an schönen Hotels mag, ist, dass man ins Zimmer kommt und nicht spontan Heimweh bekommt. Was ich nicht mag, ist, dass man zum Teil 34 Minuten braucht, um das Beleuchtungskonzept zu begreifen.

Also der Schalter für den Nachttisch schaltet auch das große Licht aus, aber nur, wenn das Licht für die Minibar aus ist. Ist das Licht für die Minibar aus, muss man es mit dem Fuß-Schalter der Stehlampe anmachen, um es dann mit der Nachttischlampe auszumachen, weil sonst das Flurlicht angeht.

Ich bin nach den letzten Wochen zu k.o. und schlafe bei Flutlicht!

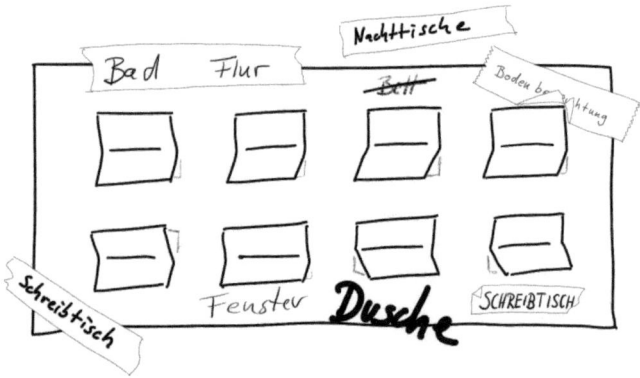

39. Lufthansa - 22. April 2016

Lufthansa, ich mag Dich!

Rückflug von einer Dienstreise nach Frankfurt. Feierabend und Nase gestrichen voll nach einem anstrengenden Aufenthalt.

Ich möchte einfach nur etwas trinken und freue mich, als ich den Steward langsam Reihe für Reihe näherkommen sehe.

Ich sage zum Steward: „Ich hätte bitte gerne ein Bier."

Steward: „Bier ist aus, wir haben nur noch Weißwein, Rotwein und Sekt."

Ich antworte aus Spaß: „In der Reihenfolge bitte und vorher und nachher ein Wasser."

Ohne mit der Wimper zu zucken, gießt er mir zwei Wasser, einen Weißwein, einen Rotwein und einen Sekt ein, wünscht mir einen guten Flug und geht weiter.

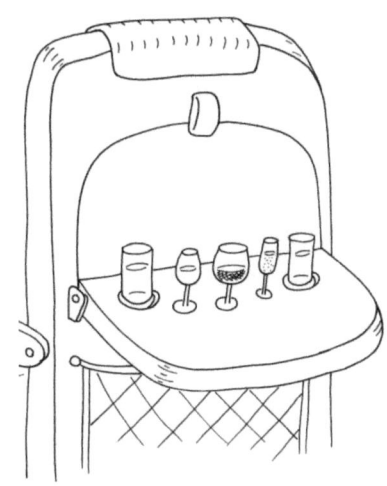

40. MacBook Maus - 12. August 2015

Morgens in meinem Büro.

Ich habe letzte Woche ein MacBook bekommen und dazu eine Apple-Maus, ein stylisches Teil, das von allen Seiten gleich aussieht.

Heute sitzt ein Kollege an meinem Schreibtisch.
„Hol mal jemanden von der IT, deine Maus ist falsch programmiert, das macht mich ganz wahnsinnig!"

„Warum? Was ist denn?", frage ich.

„Wenn ich nach oben schiebe, geht der Zeiger runter und andersrum und rechts und links ist auch verkehrt. Wie kannst du so arbeiten? Hättest du nicht eine ganz normale Maus behalten können? Das muss jetzt alles irgendwie eingestellt werden!"

Ich bekomme das Problem der widerspenstigen Maus von einem sichtlich verzweifelten und angestrengten Mausbediener demonstriert. „Da ist alles andersrum, arbeitest du schon die ganze Woche so??"

„Nein, auf mich hört sie."
„Wie machst du das?"
„Ich halte sie richtig rum."

Und schon habe ich mein Büro wieder für mich.

41. Montag - 29. Januar 2018

Superfrüh aufgestanden, um zu bügeln, zu packen, zu duschen, Brote zu schmieren und in Ruhe Kaffee zu trinken, bevor ich zur Bahn muss und die neue Arbeitswoche samt Dienstreise startet. Dann alles zusammengepackt, Zeit wird schon knapp, ich mit Sack und Pack vier Stockwerke runtergelaufen.

Unten angekommen habe ich mich dann gefragt, ob die Kaffeemaschine aus ist. Kurz überlegt, ob ich es jetzt einfach ignoriere, dann beschlossen, dass sie zu lange alleine wäre, um an zu sein.

Sack und Pack unten stehen lassen, möglichst leise - sofern das mit Sicherheitsschuhen möglich ist - vier Stockwerke hochgelaufen. Oben angekommen: Kaffeemaschine ist aus. Bügeleisen auch. Alles andere auch. Also wieder vier Stockwerke möglichst leise runter. Langsam wird es superknapp.

Koffer und Tasche geschnappt, in Richtung U-Bahn gerannt, um zum Hauptbahnhof zu fahren. Auf halber Strecke überlege ich, ob ich die Waschmaschine abgedreht habe?

Egal, wenn ich jetzt umdrehe, schaffe ich es nicht mehr. Ich rase die zwei Stockwerke zur U-Bahn runter, springe gerade noch in die Bahn, setze mich hin und verschnaufe. Dann gucke ich auf meine Fahrkarte und falle fast um. Statt 6:30 Uhr hätte ich erst um 7:30 Uhr losgemusst. Willkommen im Montag!

42. Salamipizzatherapie - 9. März 2017

Manchmal gucke ich in meine alten Kalender, was ich genau heute vor X Jahren gemacht habe. Manchmal steht da nichts, manchmal kryptische Eintragungen, manchmal stehen da aber auch wirklich schöne Erinnerungen.

Heute habe ich den Kalender von 2005 gegriffen. Für heute steht nichts drin, aber für gestern:

„Pizzaessen am S-Bahnhof Wedding - unverhofft zu zweit"

Wahnsinnig romantischer Ort zum spontanen Pizza-Date, denke ich und lege den Kalender zur Seite und dann fällt es mir wieder ein. Romantisch war es nicht, aber wahnsinnig lehrreich. Ein langer Lehrgang über Lebensentwürfe.

Ich war abends im Training und weil der Dienstag immer ein besonders voller Tag mit Arbeit und Uni war, bin ich immer erst abends dazu gekommen, etwas Warmes zu essen. Ich habe mir eine Pizza geholt und bin damit zur S-Bahn gegangen und während ich auf meinen Zug gewartet habe, habe ich gegessen.

Plötzlich tippt mir jemand auf die Schulter und fragt: „Kriege ich auch ein Stück?" Ich gucke gar nicht richtig hin, mache den Pizzakarton auf und biete der Stimme meine Pizza an. Es war schon recht dunkel und sie stand gegen das Licht einer Lampe. Bis auf verfilzte lange Haare und Klamotten im Army-Look konnte ich nicht viel erkennen.

„Meine Hände sind dreckig, reiß mir mal ein Stück ab, ihr Spießer werdet ja immer gleich krank!" Fronten geklärt, denke ich und gebe ihr ein Stück Pizza.

Sie setzt sich neben mich und wir essen. Da ich das Konzept des Small-Talks definitiv nicht erfunden habe, sitzen wir schweigend da. Das halte ich anscheinend besser aus als sie.

Sie sagt: „Erzähl mir was aus deinem Leben!" Ich bin etwas unschlüssig, ob ich das will und frage, was sie denn hören will. Eigentlich eher um Zeit zu gewinnen als um die Frage dann auch zu beantworten.

„Zum Beispiel, wie du heißt!"

„Charlotte..."

Sie fällt fast von der Bank vor Lachen und lacht so witzig, dass ich mitlachen muss. Als wir uns beruhigt haben, sagt sie: „Ok. ich hatte auf Doppelnamen getippt, aber Charlotte ist noch viel geiler!"

„Wie heißt du?", frage ich.

„Das ist jetzt blöd", sagt sie, „ich habe einen Doppelnamen!" Sie verrät ihn mir und wir teilen den Rest der Pizza.

Die S-Bahn kommt und sie ruft hinter mir her: „Nächste Woche mit Salami, vegetarische Pizzen sind spießig!" Ich bin von der halben Pizza auch nicht wirklich satt geworden. Und ich mag Salami auf Pizza nicht besonders.

In der nächsten Woche hole ich zwei Pizzen. Als ich zur Bank komme, sitzt sie schon da.

„Ich bemühe mich, betont unüberrascht und gleichgültig zu gucken,", sagt sie, als ich ihr ihre Pizza in die Hand drücke. „aber ich weiß, dass es mir nicht gelingt!" „Ich versuche es gar nicht erst.", sage ich, weil ich mich wirklich freue.

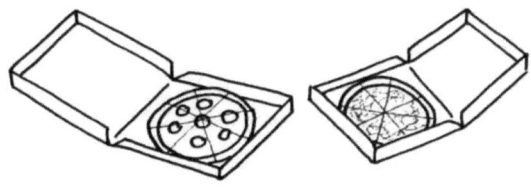

In den folgenden Wochen unterhalten wir uns jeden Dienstag. Sie erklärt mir, warum es für sie Glück bedeutet, frei zu sein, auf der Straße zu leben, sich nach niemanden richten zu müssen. Ansätze davon kann ich nachvollziehen. Ich erkläre ihr, warum es für mich Glück bedeutet, die Sicherheit zu haben, die ich habe, auch wenn ich damit bestimmt ein Stück Freiheit aufgebe. Es sind immer sehr kurzweilige Gespräche. 7 Monate lang bis Oktober.

Im Oktober sage ich ihr, dass wir uns wohl zum letzten Mal sehen, dass ich meine letzte Prüfung geschafft habe und umziehe und im November meinen ersten Job nach dem Studium anfange.

Sie guckt mich vollkommen entgeistert an: „Und wo bleibt der Spaß, wenn du heute das Studium abschließt und morgen gleich arbeitest? Wann machst du mal Pause?" Wir wissen beide, dass sie Recht hat. Eine Pause wäre richtig, aber die Stelle, die ich bekommen habe, soll dringend besetzt werden und da habe ich mich nicht getraut, beim ersten Job erst mal Urlaub anzukündigen.

„Danke für die Pizza.", sagt sie und verschwindet diesmal, bevor die S-Bahn kommt.

Ich bleibe noch sitzen und warte zwei weitere Bahnen ab, als könnte ich die Situation damit einfrieren.

Einige Jahre später bin ich dienstlich in Berlin und fahre U-Bahn. Ich werde das Gefühl nicht los, dass mich jemand anschaut.

Ich gucke mich um und gucke in ein Gesicht, dass mich freundlich und ein wenig belustigt anlächelt. Ich kann es nicht zuordnen. Eine sehr hübsche Frau in Kostüm und High Heels. Sie lächelt beharrlich weiter und ich krame wie wild im Hirn.

„Hi Charlotte" sagt sie, „ich bin die Frau, mit der du wohl die meisten Pizzen gegessen hast!"

Ich bin total perplex. Sie erzählt, dass sie viel nachgedacht hat, als ich weg war, und dass sie zu dem Schluss gekommen ist, dass es keine wirkliche Freiheit ist, wenn man nicht einfach dann Salami-Pizza essen kann, wenn man das möchte und dass sie dann beschlossen hat, mein Konzept aufzugreifen und zu verbessern. Sie würde - im Gegensatz zu mir - auch mal Pause machen!

Wir konnten nur kurz reden, bevor sie aussteigen musste und ich konnte keine meiner 1000 Fragen stellen.

Seitdem esse ich manchmal heimlich Salami-Pizza und hoffe, irgendwann erklärt sie mir ihr Konzept.

43. Kinder-Ärztin - 30. Juli 2017

Ich bin gerade vor Rührung geschmolzen. Und ich glaube, es ist nicht reversibel!

Ich saß recht ramponiert durch einen Fahrradunfall mit einem bis zur Schulter eingegipsten Arm in einem Eiscafé und habe Spaghettieis gegessen.

Neben mir am Tisch guckte ein kleines Mädchen ganz gebannt auf meinen Arm. Nach einer Weile kam sie zu mir.

Sie stupste vorsichtig an meinen kaputten Arm und fragte, was ich gemacht habe. Ich antwortete, dass ich beim Radfahren gefallen sei und mir den Arm mehrfach gebrochen habe.

Ob es wehtue, fragte sie weiter.

Ich nickte.

Sie guckte angestrengt auf den Arm und fragte, ob es noch immer wehtut.

Ich nickte.

Sie guckte weiter angestrengt auf den Arm, dann ist sie zum Buggy ihres Bruders gegangen, kramte rum und zog ein Arztköfferchen raus.

Sie stellte das Köfferchen mir gegenüber auf den Tisch, klappte es auf und zog ein Stethoskop raus.

Die Gespräche an den anderen Tischen reduzierten sich merklich und alle guckten dieses süße Kind an.

Sie stöpselte sich das Stethoskop fachgerecht in die Ohren, kam zu mir, legte es auf den Arm, machte ein konzentriertes Gesicht und sagte „Oh-ohhh...!"

Ich guckte sie fragend an und sie sagte mit tiefer betroffener Stimme: „Gebrochen!"

„Und jetzt?", fragte ich.

Sie stürmte zum Köfferchen, holte ein Kinderpflaster raus, klebte es auf den Verband und guckte mich an.

Ich war so gerührt, dass ich nicht schnell genug reagieren konnte. Daraufhin lief sie wieder zum Köfferchen und holte das wichtigste Equipment eines jeden Arztes raus: ein Stoffschaf. Sie flüsterte ihm etwas ins Ohr und sie kamen beide zu mir. Zusammen pusteten sie auf meinen gebrochenen Unterarm.

„Jetzt ist er wieder heile!", sagte sie.

Und ich bin mir sicher, wäre ich direkt danach zum Röntgen gegangen, man hätte nichts mehr gesehen!

44. Bahnfahrt - 7. November 2016

Ich hatte gestern eine sehr skurrile Bahnfahrt, die mich noch immer beschäftigt.

Ich war auf dem Weg von Berlin nach Hause, leicht übermüdet und mit Sonntagsblues habe ich mich an meinen Mantel gekuschelt, Musik gehört und gedöst.

Ich saß auf dem Fensterplatz an einem Vierersitz. Plötzlich habe ich gemerkt, dass mir kalt wird und ich war von einem Augenblick auf den anderen total traurig.

Ich habe die Augen aufgemacht und festgestellt, dass sich jemand neben mich gesetzt hat. Ein sympathischer Mann, Mitte-Ende 40.

Ohne dass es einen Anlass gab, hat mich sein Anblick massiv bedrückt.

Ich habe mich wieder an meinen Mantel gelehnt und habe versucht, mich auf die Musik zu konzentrieren. Leider hatte sich Spotify der Stimmung angepasst. Ich war total unruhig und habe die Kopfhörer aus den Ohren genommen und wollte gerade anfangen, mich auf irgendwas Schönes zur Ablenkung zu konzentrieren.

Ein Geräusch neben mir holte mich aus meinen Gedanken. Alle haben den Mann neben mir angestarrt. Er saß da, eine Hand über den Augen, eine auf seinem Oberschenkel und hat furchtbar geweint.

Es hat mich total mitgenommen. Und während ein Teil meines Hirns nach einer rationalen Lösung gesucht hat, aus dieser Situation rauszukommen, hat sich ein anderer Teil meines Hirns selbstständig gemacht und meine Hand auf seine Hand auf seinem Bein gelegt. Einfach so. Einem wildfremden Menschen.

Wider Erwarten ist er weder zu-
rückgezuckt noch aufgesprungen.
Er hat die Hand, die er vor dem
Gesicht hatte, leicht auf meine gelegt und ist nach und nach ruhiger
geworden. Und ich, trotz der abso-
luten Absurdität der Situation,
auch.

Da sitze ausgerechnet ich und versuche einen Men-
schen zu trösten in einer Situation, von der ich nichts weiß. Und es scheint zu klappen. Nach einer Weile hat er seine Hand von meiner genommen, ist aufgestanden und weggegangen und kurz darauf mit zwei Bier wie-
dergekommen. Eins hat er mir hingestellt. Das habe ich sehr dankbar angenommen.

Gut anderthalb Stunden saßen wir nebeneinander, ohne ein Wort zu wechseln, aber auch ohne, dass es unangenehm gewesen wäre.

Als er vor dem Aussteigen nach seinem Koffer oben auf der Ablage gegriffen hat, hat er mich kurz angelächelt. Er wirkte noch immer traurig, aber irgendwie war ein bisschen von der Verzweiflung weg, die an ihm hing.

Und es beeindruckt mich nach wir vor sehr, dass er meinen etwas hilflosen Versuch, ihn zu trösten, als solchen einfach erkannt und angenommen hat.

Und ich hoffe, dass er heute wieder etwas fröhlicher sein kann!

45. Telefonat - 25. April 2017

Heute war wieder Zeit für das wöchentliche Telefonat mit meiner Oma.

„Schätzchen, ich habe mal deine Firma im Internet gesucht."

Der Satz alleine ist schon so cool, dass ich vor Glück heulen könnte!

„Du bist da gar nicht auf der Seite!"

„Ich habe denen gesagt, dass ich das nicht will, weil meine Oma mich immer im Internet stalkt!"

Oma lacht schallend.

Offensichtlich hat sie sich damit beschäftigt, was die Firma so tut, und sagt: „Erzähl mir, was machen diese Anlagen?"

„Willst du es technisch oder praktisch erklärt haben?"

„So, dass ich es verstehe!"

Guter Einwand, denke ich, und fange an zu erklären.

Fünf Sätze sind die magische Grenze, bei denen die meisten Freunde und Familienmitglieder höflich das Thema wechseln, wenn ich von meinem Job erzähle. Ich kann das verstehen, weil es immer sehr technisch wird. Mich begeistert das. Aber das habe ich inzwischen gelernt, dass ich da eher die Ausnahme bin.

Also mache ich nach fünf Sätzen eine Pause, um meiner Oma die Chance zu geben, das Thema zu wechseln.

Aber stattdessen stellt sie ein paar so durchdachte Fragen, dass ich total erstaunt bin. Eine kann ich noch nicht mal beantworten. „Na, ich guck bei Google.", sagt Oma.

„Mach das, Oma, oder ich finde es einfach raus und erzähle es dir einfach nächste Woche am Telefon."
„Gut, ich gehe jetzt ins Bett und denke noch ein bisschen über diese Anlagen nach, das klingt ja wirklich spannend!"
Ich lege auf und denke über meine Oma nach. Die einzige Frau in meinem Leben, die meine Technik-Affinität noch toppt, ist über 90. Und ich bin sehr dankbar für jedes Gespräch mit ihr!

46. Bürokratie - 10. Oktober 2017

Mir war gar nicht klar, wie optimistisch die deutsche Bürokratie sein kann.

Der neue Personalausweis meiner Oma ist fertig.

Geburtsjahr Oma: 1919
Ablaufdatum Personalausweis: 2028

Oma und ich lachen noch immer!

47. Schwerhörig - 3. Oktober 2018

Ich habe den Feiertag genutzt und meine Oma in ihrem Seniorenheim besucht.

Als wir in ihrem Zimmer saßen und Kaffee tranken, kam eine sehr junge Pflegerin ins Zimmer. Sie hat Tabletten gebracht und meine Oma mit irre lauter Stimme fast angebrüllt, ob sie noch etwas braucht. Meine Oma hat Luft geholt und genauso zurück gebrüllt, dass sie sich bedankt und dass alles in Ordnung ist. Die Pflegerin lächelte und ging raus.

Ich habe meine Oma - die sehr gute Ohren hat- fragend angeguckt. Und meine Oma sagte: „Armes Kind! Sie scheint sehr schlecht zu hören!"

Charlotte Gräfin von der Schulenburg, geboren 1977 in Bonn. Nach der Schule machte sie eine Ausbildung zur Bierbrauerin gefolgt von einem Studium zur Diplom-Braumeisterin, was ihre große Affinität zu Bier erklärt. In ihrem Job als Projektleiterin reist sie viel und auch sonst ist sie häufig in öffentlichen Verkehrsmitteln, im Auto und auf dem Rad unterwegs.

Bernhard Graf von der Schulenburg, geboren 1981, ist von Haus aus ITler. Aber wenn er sich nicht mit Apps, Webseiten, Softwaresystemen oder Cloud beschäftigt, zeichnet er zur Entspannung und zur Verbreitung von Freude leidenschaftlich gerne.
Geerbt hat er diese Leidenschaft von seiner Oma, die ihn für das Thema begeistert hat. Zum Glück!
Er zeichnet Grußkarten, Comics und nun auch Illustrationen für dieses Buch.